Spanish/English
Español/Inglés

el PEOR día de TODA mi vida
The WORST Day of My Life EVER!

Escrito por Julia Cook
Ilustrado por Kelsey De Weerd

*To Mason, Coleman and McKay
Always choose the right.*

~ Julia

BOYS TOWN Press®

Boys Town, Nebraska

el PEOR día de TODA mi vida / The WORST Day of My Life EVER!
Text and Illustrations Copyright © 2011 by Father Flanagan's Boys' Home
Translation Copyright © 2012 by Father Flanagan's Boys' Home
ISBN 978-1-934490-34-1

Publicado por Boys Town Press
14100 Crawford St., Boys Town, NE 68010

Published by the Boys Town Press
14100 Crawford St., Boys Town, NE 68010

Publisher's Cataloging-in-Publication Data

Cook, Julia, 1964-

El peor día de toda mi vida = The worst day of my life ever! / escrito por Julia Cook ; illustrado por Kelsey De Weerd. -- Boys Town, NE :
Boys Town Press, c2012.

p. ; cm.
(Best me I can be ; 1st)

ISBN: 978-1-934490-34-1
Subtitle on cover: Mi historia sobre escuchar y seguir instrucciones (. . . o no).
English version has subtitle: My story of listening and following instructions ... or not!
Audiencia: los grados K-6.
Audience: grades K-6.
Resumen: Muestra a los lectores los pasos a las habilidades sociales fundamentales de escuchar y seguir instrucciones. Cuando su héroe,
Rico, aprende a usar estas habilidades de la manera correcta, tiene el mejor día de su vida.
Summary: Shows readers the steps to the fundamental social skills of listening and following instructions. When her hero, RJ, learns to use
these skills the right way, he has the best day of his life

1. Children--Life skills guides--Juvenile fiction. 2. Listening--Juvenile fiction. 3. Attention in children--Juvenile fiction. 4. Thought and
thinking--Juvenile fiction. 5. Bilingual books--Spanish-English. 6. [Success--Fiction. 7. Listening--Fiction. 8. Attention--Fiction. 9. Thought and
thinking--Fiction. 10. Spanish language materials--Bilingual.] 11. Niños--Conducta (Ética)--Novela juvenil. 12. Escuchar--Novela juvenil. 13.
Atención en niños--Novela juvenil. 14. Pensamiento--Novela juvenil. 15. Actualizacíon de sí mismo (Psicología) en los niños--Novela juvenil.
I. De Weerd, Kelsey. II. Title: Worst day of my life ever! III. Series: Best me I can be (Boys Town) ; no. 1.

PZ7.C76984 W6718 2012
E   1207

Printed in the United States
10 9 8 7 6 5 4 3 2 1

Boys Town Press es la rama editorial de Boys Town, una
organización nacional que brinda servicio a los niños y sus familias.

Mi nombre es Rico y hoy tuve...

el **PEOR** día de **TODA** mi vida.

My name is RJ and today I had...

the **WORST** day of my life **EVER!**

3

Cuando desperté, tenía chicle pegada en mi cabello.
"Rico, ¡te dije que no te fueras a dormir con chicle en la boca!"

When I woke up, there was gum stuck in my hair.
"RJ! I told you not to go to bed with gum in your mouth!"

SUGARFREE

4

Llegué tarde a la escuela
porque perdí el autobús.

"Rico, ¡te dije que el autobús
siempre pasa a las 8:15!"

I was late getting to school because I missed the bus.
"RJ, I told you the bus always comes at 8:15!"

Me quedé sin el recreo de la mañana porque me encontraron corriendo por los pasillos.

Sólo trataba llegar a tiempo a clase.

"Rico, te lo he dicho antes:
¡NO SE DEBE CORRER por los pasillos!"

I didn't get to go to morning recess because I got caught running in the halls.

I was just trying to get to class on time.

"RJ, I've told you before, we don't run in the halls!"

6

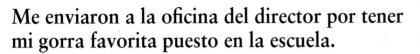

PRINCIPAL

Me enviaron a la oficina del director por tener mi gorra favorita puesto en la escuela.

Traté de cubrir el chicle que tenía en el cabello.

"Rico, ya te lo he dicho antes, ¡no se puede usar gorra en la escuela!"

I got sent to the principal's office for wearing my favorite hat in school.

I was trying to cover up the gum in my hair.

"RJ, I've told you before, we don't wear hats in school!"

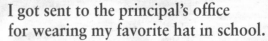

7

Me pusieron un **cero** en mi tarea
de matemática porque hice todos
los números impares en lugar de los pares.

*"Rico, ayer te dije que hicieras
los números pares, no los impares".*

I got a **zero** on my math paper because
I did all the odds, instead of the evens.

"RJ, I told you yesterday, do the evens, not the odds!"

Mis amigos se enojaron conmigo cuando metí un gol para **el otro equipo.**

"Rico, ¡te dijimos que patearas para este lado!"

My friends got mad at me when I kicked a goal for **the other team.**

"RJ, we told you…kick this way!"

Cuando por fin llegué a casa después de la escuela, decidí hacer panqueques.
Pero sin querer, no a propósito, hice un gran desorden en la cocina.

"Rico, la receta dice que hay que usar de 1 a 2 huevos, ¡NO 12 HUEVOS!"

When I finally got back home from school,
I decided to make pancakes.
But I accidentally not on purpose
made a big mess in the kitchen.

"RJ, the recipe says, use
1- 2 eggs NOT 12 EGGS!"

"¡AY!"

Mi mamá se enojó conmigo y comencé a llorar.
Entonces le conté sobre el **PEOR** día de **TODA** mi vida.

OOPS!

My mom got angry with me and I started to cry.
Then I told her about the **WORST** day of my life **EVER!**

11

"Rico, tienes que esforzarte por hacer estas dos cosas: ESCUCHAR con más cuidado y SEGUIR INSTRUCCIONES. Si haces eso, tu vida será mucho más fácil".

Eso es gracioso. Mi maestra me dijo exactamente lo mismo hoy en la escuela.

"RJ, you just need to work on doing two things:
LISTENING more carefully and
FOLLOWING INSTRUCTIONS!
If you will do that, your life
will be so much easier!"

That's funny.
My teacher said
that exact same thing
to me today at school.

ESCUCHAR
SEGUIR
INSTRUCCIONES

La verdad es que la mayor parte del tiempo escucho lo que las personas dicen, pero las instrucciones son aburridas y poner atención es difícil.

Creo que es más divertido cuando yo estoy a cargo.

"Oír hablar a las personas y escuchar con atención lo que tienen que decir son dos cosas diferentes y TODOS en este mundo tienen que aprender a seguir instrucciones... ¡INCLUSO TÚ!"

The truth is I hear what people say most of the time, but instructions are boring and listening is hard.

I think it's more fun when I am in charge.

"Hearing people talk and listening carefully to what they have to say are two different things, and EVERYONE in this world has to learn how to follow instructions ... EVEN YOU!"

"Para REALMENTE ESCUCHAR a alguien, necesitas hacer esto:"

"To REALLY LISTEN to someone, this is what you need to do:"

MIRA a los ojos de la persona que te esta hablando.

NO HABLES hasta que termine.

Demuestra que ESCUCHASTE lo que está tratando de decir,

y di 'DE ACUERDO'.

LOOK right at the person who is talking to you.

Please DO NOT SPEAK until she is through.

Show that you've HEARD what she's trying to say.

by NODDING your head and saying 'OKAY'.

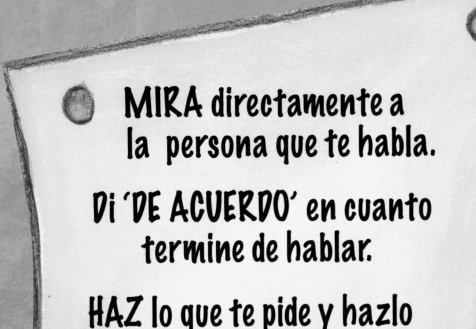

MIRA directamente a la persona que te habla.

Di 'DE ACUERDO' en cuanto termine de hablar.

HAZ lo que te pide y hazlo EN EL MOMENTO.

Cuando termines, VUELVE A CONSULTARLE.

¡Ahora ya sabes cómo hacerlo!

LOOK right at the person who is talking to you.

Say 'OKAY' to the person as soon as he's through.

DO what you've been asked, and do it RIGHT NOW!

When you're finished, CHECK BACK with him.

Now you know how!

"Rico, si hubieras ESCUCHADO
con más atención, habrías
recordado que te dije que
el autobús pasa a las 8:15".

"RJ, if you had listened
more carefully, you would have
remembered me telling you
that the bus comes at 8:15."

"Si hubieras puesto más atención, habrías llegado A TIEMPO a la escuela, y no te hubieras quedado sin recreo por correr en los pasillos".

"If you had listened more carefully, you would have been ON TIME for school, and you wouldn't have had to miss recess for running in the hall."

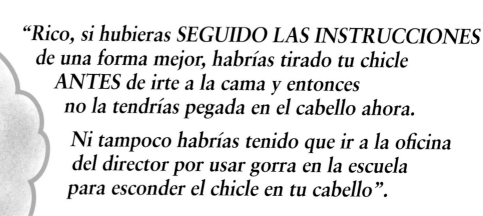

"Rico, si hubieras SEGUIDO LAS INSTRUCCIONES de una forma mejor, habrías tirado tu chicle ANTES de irte a la cama y entonces no la tendrías pegada en el cabello ahora.

Ni tampoco habrías tenido que ir a la oficina del director por usar gorra en la escuela para esconder el chicle en tu cabello".

"RJ, if you'd been better about FOLLOWING INSTRUCTIONS: You would have thrown your gum away BEFORE you went to bed. Then you wouldn't have gum in your hair right now.

And, you wouldn't have had to go to the principal's office for wearing a hat in school to hide the gum in your hair."

"Si hubieras seguido las instrucciones de una forma mejor,
habrías obtenido una nota MUCHO MEJOR
en tu tarea de matemática,
tus amigos no se habrían enojado contigo
y no habrías hecho un desorden tan grande en la cocina
ni usado todos los huevos que teníamos".

"If you had been better about following instructions:
You would have gotten a much BETTER GRADE on your math paper,
your friends wouldn't be mad at you, and you wouldn't have made
such a big mess in the kitchen and used up all of our eggs."

"En mi opinión, si hubieras escuchado con más atención
y hubieras seguido las instrucciones,
¡habrías tenido un DÍA EXCELENTE!"

"The way I see it, if you had listened more carefully
and followed instructions,
you could have had a GREAT DAY!"

Esa misma noche cuando me fui a mi cama,
pensé mucho en lo que mi mamá me dijo.

Lo último que deseaba era tener otro mal día.
Creo que debo escuchar lo que los demás dicen.

Si sigo instrucciones y hago lo que me dicen,
no tendré ningún problema hasta que sea grande.

Later that night when I went to bed,
I thought a lot about what my mom had said.

The last thing I wanted was another bad day.
I guess I should **listen** to what others say.

If I **follow instructions** and I do what I'm told,
I'll stay out of trouble until I grow old.

Me saqué el chicle de la boca y la tiré a la basura, luego me fui a dormir.

I took the gum out
of my mouth
and threw it away,
and then I went to sleep.

Cuando me levanté a la mañana siguiente,
no había chicle en mi cabello,
así que no tuve que usar mi gorra para ir a la escuela.

Llegué a la parada del autobús antes de las 8:15.

No tuve que correr por los pasillos para llegar
a tiempo a clase.

Mi maestra estaba orgullosa de mí por seguir
las instrucciones y obtuve una buena nota
en mi tarea de matemática porque resolví
los problemas correctos.

When I woke up the next morning, my hair was gum-free,
so I didn't need to wear a hat to school.

I made it to the bus by 8:15.

I didn't have to run in the hallway to get to class on time.

My teacher was proud of me for following instructions, and I got a
good grade on my math assignment because I did all the right problems.

Mis amigos me aplaudiéron
cuando metí un gol para **nuestro equipo**.

My friends cheered me on when I kicked a goal for **our team**.

Y cuando regresé de la escuela, preparé panqueques
¡y los hice bien!

And, when I got home from school,
I even made pancakes ...
the right way!

¡Hoy fue el **MEJOR** día de **TODA** mi vida!
Creo que mi mamá tenía razón …

Today was the **BEST** day
of my life **EVER!**
I guess my mom was right …

Oír y escuchar son cosas diferentes.
Cuando decido no escuchar, me va mal.

Puede ser que seguir instrucciones no sea
divertido, pero cuando hago lo correcto,
logro hacer **muchas cosas.**

Hearing and listening are just not the same.
When I choose not to listen, I guess I'm to blame.

Following instructions might not be too fun,
But when I do it correctly, I can get **a lot** done!

P.D.: no olvides

tirar el chicle
antes de irte a dormir.

P.S. Don't forget
to take the gum
out of your mouth
and throw it away
before you go to sleep!

Consejos para padres y educadores

¡Sea auténtico! Si desea que las personas realmente lo escuchen cuando habla, debe demostrar su capacidad para escuchar. Mire a la persona que habla y use sus ojos, sus oídos y su lenguaje corporal para demostrar que entiende lo que le dicen, y que no sólo oye su voz.

Juegue a "Simón dice" (o "Rico dice") con los niños para practicar las habilidades tanto de escuchar como de seguir instrucciones.

Destaque lo positivo. Cuando vea a los niños haciendo algo bien, ¡dígaselos! Padres: cuanto más a menudo elogien con sinceridad a un niño por escuchar y seguir instrucciones, más se esforzará en el futuro por ganar su aprobación. Los maestros pueden usar tanto juegos de recompensas para toda la clase como premios individuales, siempre que los estudiantes demuestren estas habilidades.

No extienda los tiempos de enseñanza directa o explicación de instrucciones. Es muy difícil para un niño escuchar con atención durante más de cinco minutos. No use sesenta palabras para explicar algo si puede hacerlo en seis.

No dé demasiadas instrucciones a la vez. Utilice un enfoque paso a paso y con pausas, y elogie al niño a medida que hace lo que le pide.

Hágales saber cuándo es momento de "escuchar en forma activa". Puede usar frases hechas como "Ta-te-ti... mírame a mí" o "1, 2, 3... atención otra vez", para avisar a los niños que es momento de que presten atención y escuchen. Haga que su hijo o sus alumnos inventen una canción original.

Tips for Parents and Educators

Be genuine! If you want people to really listen to you when you are talking, you must model good listening skills. Look at the person who is talking and use your eyes, your ears, and your body language to show that you understand what they are saying as opposed to just hearing their voice.

Play the game Simon Says (or RJ Says) with children to practice both listening and following instruction skills.

Pump up the positives. Catch kids doing something right and notice it! Parents, the more often you sincerely praise a child for listening and following instructions, the harder he or she will work in the future to earn additional approval from you. Teachers can use both class reward games and individual rewards whenever students demonstrate the skills.

Keep direct teaching/instruction explanation times short. It is very difficult for a child to listen intently for longer than five minutes. Don't use sixty words to explain something if you can do it in six.

Don't give too many instructions at once. Use a step-by-step approach filled with pauses and praise as children do what you ask.

Let children know when it's time to "actively listen." You can use catch phrases like "1, 2, 3...Look at me!" or "Give me 5... minutes of your time!" to alert kids that it's time to pay attention and listen. Have your child or your class make up an original jingle.

For more parenting information, visit

parenting.org™

from **BOYS TOWN.**

El Modelo Educacional (Education Model℠) de Boys Town y la crianza práctica de los hijos (Common Sense Parenting®)

El modelo educacional de Boys Town, es un modelo de intervención escolar que enfatiza la enseñanza de habilidades sociales, las prácticas de manejo del comportamiento en el salón de clases y la formación de relaciones entre estudiantes, maestros, administradores y el resto del personal de la escuela. Se pueden encontrar también muchas de las mismas técnicas en las estrategias que componen el programa de La crianza práctica de los hijos (Common Sense Parenting) de Boys Town.

Un ingrediente clave de ambos libros es el conjunto de habilidades sociales para niños que incluye escuchar, seguir instrucciones, aceptar un "no" como respuesta, trabajar en equipo, pedir permiso y otros más. Enseñar habilidades sociales a los niños hace que tengan comportamientos positivos que contribuyen a la armonía en el hogar y al éxito en la escuela.

Póngase en contacto con Boys Town

Si desea obtener más información sobre Boys Town, su modelo educacional o la crianza práctica de los hijos, visite: BoysTown.org/educators, BoysTown.org/parents o parenting.org, envíe un correo electrónico a training@BoysTown.org o llame al 1-800-545-5771.

Para obtener libros educativos, sobre la crianza de hijos y otros recursos, visite el sitio web de Boys Town Press en BoysTownPress.org, envíe un correo electrónico a btpress@BoysTown.org o llame al 1-800-282-6657.

The Boys Town Education Model℠ and Common Sense Parenting®

The Boys Town Education Model is a school-based intervention model that emphasizes social skill instruction, classroom behavior management practices, and relationship building among students, teachers, administrators and other school staff. Many of the same techniques can also be found in the strategies that comprise Boys Town's Common Sense Parenting (La Crianza Práctica de los Hijos) program.

A key component of the Education Model and Common Sense Parenting is a set of social skills for children that include listening, following instructions, accepting "no" for an answer, working with others, asking permission, and others. Teaching children social skills gives them the positive behaviors that contribute to harmony at home and success in school.

Contact Boys Town

For more information on Boys Town, its Education Model, and Common Sense Parenting, visit BoysTown.org/educators, BoysTown.org/parents, or parenting.org, e-mail training@BoysTown.org, or call 1-800-545-5771.

For parenting and educational books and other resources, visit the Boys Town Press website at BoysTownPress.org, e-mail btpress@BoysTown.org, or call 1-800-282-6657.

Otros libros de Julia Cook que se encuentran en Boys Town Press:

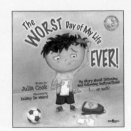

ISBN 978-1-934490-20-4

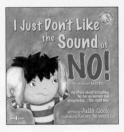

ISBN 978-1-934490-25-9

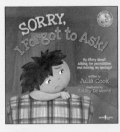

ISBN 978-1-934490-28-0

ISBN 978-1-934490-36-5

ISBN 978-1-934490-30-3